글쓰고 그린이 **요시타케 신스케**

그림책 작가이자 일러스트레이터입니다. 그림책, 동화 삽화, 표지, 일러스트 에세이 등 다양한 분야에 걸쳐 작품을 발표하며 활동하고 있어요. 1973년 일본에서 태어나 쓰쿠바대학 대학원 예술연구과 종합조형코스를 수료했습니다. 《이게 정말 사과일까?》로 2013년 일본 그림책 잡지 모에(MOE)에서 주관하는 그림책 서점 대상과 2014년 제61회 신케이아동출판문화상 미술상을 받았어요. 2016년 《이게 정말 천국일까?》로 제51회 신풍상을, 2017년 《벗지 말걸 그랬어》로 볼로냐 라가치상 특별상을, 2019년에는 《심심해, 심심해》로 뉴욕 타임스 최우수 그림책상을 받았어요. 쓰고 그린 책으로 《있으려나 서점》《도망치고, 찾고》《만약의 세계》《더우면 벗으면 되지》《나는 정말 어디에 있는 걸까》《메멘과 모리》 등이 있어요. 두 아이의 아빠이며, 어릴 적 장래 희망은 목수였답니다.

옮긴이 **권남희**

일본 문학 번역가이자 에세이스트입니다. 쓴 책으로 《스타벅스 일기》《번역에 살고 죽고》《귀찮지만 행복해 볼까》《혼자여서 좋은 직업》《어느 날 마음속에 나무를 심었다》가 있으며, 옮긴 책으로 《이유가 있어요》《불만이 있어요》《나는 정말 어디에 있는 걸까》《메멘과 모리》《마녀 배달부 키키》《창가의 토토》《츠바키 문구점》, 〈무라카미 라디오〉 시리즈 등이 있어요.

별별 직업 상담소
차 례

직업이란 뭔가요? · 4
▶ 특이한 직업 001-007 · · · · · · · · · · · · · 7

어떻게 고르나요? · 21
▶ 특이한 직업 008-014 · · · · · · · · · · · · · 25

원하는 일을 할 수 없다면? · · · · · · · · · · · 39
▶ 특이한 직업 015-022 · · · · · · · · · · · · · 43

적성에 맞는 일? 즐거운 일? · · · · · · · · · · 59
▶ 특이한 직업 023-030 · · · · · · · · · · · · · 63

이제는 없어진 일, 아직 없는 일 · · · · · · · 79
▶ 특이한 직업 031-037 · · · · · · · · · · · · · 83

일이 없을 때도 있어요 · · · · · · · · · · · · · · · · 97
▶ 특이한 직업 038-044 · · · · · · · · · · · · · 101

자, 이제 어떻게 할까요 · · · · · · · · · · · · · · · · 115

별별 직업
상담소

여기가….

직업이란 뭔가요?

저기, 요전에 우주선에서 떨어져 머리를 부딪치는 바람에 제가 어느 별에서 왔는지 기억이 나질 않아요.

저를 구해 준 지구인도 곤란해하며 계속 돌봐줄 수 없으니, 일단 지구에서 일을 구해 살아 보라고 하더군요.

그러면서 이곳에 와 보라 하던데요.

아~. 그랬군요.

근데 '일'이란 게 뭔가요?

음, 이 별에서는 음식을 사 먹고, 옷을 입고, 집을 구하고, 병원에 가는 등, 살아가려면 '돈'이 필요하답니다.

누군가에게 힘이 되거나 누군가를
도우며 '세상을 위해 무언가'를 하면
그에 대한 보상으로 돈을 받아요.

각자 '○○ 담당' 식으로 역할을
나누어 서로 돕고, 돈을 주고받으며
더불어 살아가지요.

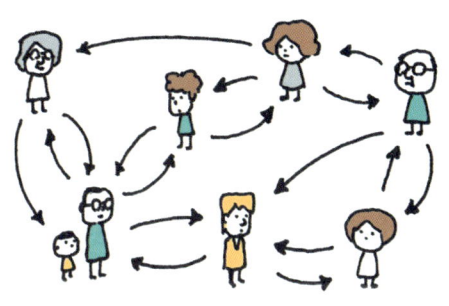

직업을 갖는다는 건 '일을 한다'는 뜻이에요.
어린이는 일을 할 수 없으니,
가까이 있는 어른들이 어린이의 몫까지
일을 한답니다.

어른이 되면 자신을 위해,
그리고 소중한 사람을 위해 일을 하지요.

'어떤 직업을 갖는가'는
'어떻게 살아갈까'와 거의
같은 말이에요.

'나는 무엇을 소중히 여기는가',
'내게 행복이란 무엇인가'를 생각하기 위해
일을 한다고 해도 지나친 말이 아니지요.

세상에는 여러 가지 일이 있고, 사람들은 '자기가 하고 싶은 일'과 '자기에게 맞는 일'을 찾기 위해 고민하며 살아가요.

음~. 이 별에 관해선 잘 모르지만, 이왕 온 김에 좀 특이한 일을 해 보고 싶은걸.

아아, 왔다, 왔다.
여러 가지가 있군요.
음~.

별별 직업 상담소		
특이한 직업	번호 :	001

직업명 :

하늘을 나는 과일 가게

2인 1조가 되어
좋아하는 과일을 마음껏 따기.

직원 :

…사이좋게
다 주세요.

별별 직업 상담소		
특이한 직업	번호 :	002

직업명 :

뜨개질 가게

원하는 모습이나 단어를
말하면 그 자리에서
당신만의 옷을
떠 준답니다.

직원 :

뜨다가 털실이 모자라서요,
그런데 이대로도
귀엽지 않나요?

별별 직업 상담소

특이한 직업

번호 : 003

직업명 :

넥타이 묶는 법 가르쳐 주는 교실

사회 초년생에게 꼭 필요한 매너!
넥타이를 멋지게 묶는 법부터
명함을 예의 바르게 건네는 법,
자기 소개하는 법까지,
로봇으로 쉽게 가르쳐 주어요.

직원 :

다음은 상급반.

'넥타이를 머리에 두르는 방법'입니다!

별별 직업 상담소

특이한 직업

번호: 004

직업명 : 헹가래 전문가

특별한 순간이나 축하할 일이 있는 날, 헹가래 전문가가 깜짝 놀랄 만큼 높이, 하지만 아주 안전하게 헹가래를 쳐 드려요! 몇 번이고 신나게, 잊지 못할 순간을 만들어 드릴 거예요.

직원 :

공중에서 찍은 사진도 함께 보시겠어요?

오늘을 기념하며.

별별 직업 상담소		
# 특이한 직업	번호 :	005

직업명 :

곡예 커피

다양한 곡예를 펼치며
당신만을 위한 음료 한 잔을
정성껏 끓여 드려요.

직원 :

별별 직업 상담소		
## 특이한 직업	번호 :	**006**

직업명 :

장난감 의사

최첨단 기술로 만든
대형 장난감도
진단과 수리가 가능합니다.

006

직원 :

건전지를 거꾸로 넣었네요!

별별 직업 상담소		
## 특이한 직업	번호:	**007**

직업명 :

땅도 물도 건너는 스쿨버스

대자연 속에 사는 어린이들을
안전하게 학교까지
태워 드려요.

직원 :

오늘은 날씨가 좋으니
다른 길로
갈 거예요.

야호!

어떻게 고르나요?

처음엔 누구나 어떤 일이 있는지, 어떤 일이 자신에게 맞을지, 잘 모르니까요.

그래서 이것저것 시도해 보면서 "이건 아니군." 혹은 "이건 나름대로 괜찮은걸." 하며, 천천히 자신에게 맞는 일을 찾아가요.

하지만 어떤 일을 하더라도 그 일에서 '깨닫는 것'이 반드시 있어요. 무엇을 선택하더라도 다음 일에 반드시 도움이 되지요.

일에는 다양한 종류가 있으니 여러 가지를 경험해 보는 것도 좋지 않을까요?

애초에 사람은 자기에게 맞지 않는 일을 계속할 만큼 강하지 않아요.

그래서 이것저것 해 보다 점점 자신에게 맞는 일을 찾게 되지요.

무언가를 선택할 때 "왠지 이쪽 같아."라든지 "뭔가 좀 아닌 것 같은데." 하는 느낌은 의외로 잘 맞을 때가 많아요.

그러니까 '지금 왠지 재미있어 보이는 것'으로 일단 결정해도 괜찮아요.

봐요, 당신도 세상도 계속 바뀌고 있잖아요. 그때그때 당신이 "이쪽인가." 하고 선택했다는 사실이 가장 중요한 거예요.

원래 사람들은 자기가 무엇을 좋아하는지 잘 몰라요.

그러니까 평소에 '좋다'고 느낀 것들을 노트에 적거나 사진으로 찍어 모아 두는 것도 좋은 방법이에요.

자신에 대해 잘 아는 것이 가장 중요해요. 자기 일을 스스로 정하는 힘을 키우기 위해서 말이에요.

처음에는 여러 가지 이유로 자신이 좋아하는 것을 선택하지 못할 수도 있어요. 하지만 일을 한다는 것은 스스로의 힘으로 살아간다는 뜻이잖아요.

일단 자기 힘으로 살아간다면, 여러 가지 일을 스스로 정할 수 있게 되지요. 이건 정말로 멋진 일이에요.

별별 직업 상담소		
특이한 직업	번호 :	008

직업명 :

라이브 연주 배달

중요한 순간에
감동적인 음악으로
확실하게 밀어 줘요.

직원 :

이 '프로포즈 응원 계획'을 이용하시면,
혹시라도 결과가 아쉽게 끝났을 때
'위로의 노래' 한 곡을 서비스로 제공합니다.

별별 직업 상담소		
## 특이한 직업	번호 :	009

직업명 :

하늘 사무실 대여

좋아하는 곳,
좋아하는 높이에서
재택 근무 가능.
전파 상태도
양호합니다.

직원 :

이 배경, 진짜예요~.

별별 직업 상담소		
특이한 직업	번호 :	010

직업명 :

위, 아래 사우나

올라가면 사우나,
내려가면 냉탕.
위아래를 왔다 갔다 하며
몸도 머리도
아주 개운하게!

직원 :

사우나와 냉탕 온도,
오르내리는 속도, 각각
어느 정도로 할까요?

초고온·초저온
·초고속으로!!

별별 직업 상담소		
특이한 직업	번호 :	011

직업명 :

손 세정제 농사

천연 손 세정제가 듬뿍 든
'손 세정제 열매'를
재배, 수확, 판매까지
한답니다.

직원 :

가정에서도
재배할 수 있어요!

특이한 직업

별별 직업 상담소

번호: 012

직업명 :

생태 지킴이

012

야생 동물이나 자연환경을
오랜 시간 동안 혼자서 관찰하고,
조사하고 연구하며 보호하는 일을 해요.
자연과 고독을 사랑하는 사람에게
딱이랍니다.

직원 :

어라? 아직 교대할
날짜가 아닌데요?

본부에서
당신을 지켜보라고
지시가 내려왔어요.

별별 직업 상담소		
## 특이한 직업	번호 :	013

직업명 :

섬 대여

013

물 위에서 종일 마음 가는 대로 느긋하게 지낼 수 있어요.

직원 :

식재료가 떨어져서, 잠깐 잡아 올게요!

별별 직업 상담소

특이한 직업

번호: 014

직업명 :

나 홀로 미스터리 투어

014

가는 곳도 목적도 비용도
모든 것이 수수께끼인 5일간의
나 홀로 여행. 살아가면서
담력을 키우고 싶은 사람에게.

직원 :

여기 '정말로 그렇게 해도
불평하지 않습니다.'
계약서에 사인을….

'그렇게…'가
어떻게 한다는 거예요?
그것도 수수께끼인가요?

원하는 일을 할 수 없다면?

음.
전부 다 재미있어 보이는데….

하지만 "이거 하고 싶어!"라고 한다고 아무 때나 할 수 있는 건 아니잖아요?

그야, 그렇기는 하죠.

특별한 공부나 훈련이 필요한 직업도 있고,

무언가를 아주 잘하거나 남들이 좋아해 주거나, 운이 따르지 않으면 할 수 없는 일도 있어요.

하지만 만약
목표로 삼은 일을 하지 못하더라도,
'하고자 했던 마음과 노력'은
분명 당신에게 큰 도움이 될 거예요.

'열심히 하는 방법'을 아는 사람은
뭐든지 해낼 수 있으니까요.

저쪽도 좋네.

'왜 그 일을 하고 싶은지',
'그 일의 어떤 점이 좋은지'를 생각해 보면,

내게 잘 맞고, 내가 즐길 수 있는 일은
또 많이 있다는 걸 알게 될 거예요.

제 주위에도 어릴 때 꿈꿨던 일과는
다른 일을 하는 어른이 많지만,

다들 "지금까지 해 온 일들이 큰 도움이
됐어."라고 말해요.

새로운 일이나 재미있는 아이디어는
다른 것과 어우러질 때 잘 떠오르잖아요.

어릴 때, 갓 어른이 됐을 때, 그리고 어른이
된 후. 처음 한 일, 그다음에 한 일 등 다양한
경험이 쌓이면서 점점 '나'를 만들어 가지요.

여러 가지 일을 해내며
즐거움을 느끼기 시작할 때,
그제야 비로소 나만이 할 수 있는,
나다운 일을 찾게 되는 거예요.

어른이 된다는 건 어떤 일이든
나다운 방식으로 즐겁게 해낼 수
있다는 뜻이기도 해요.

저라면 이렇게
할 거예요!

되고 싶은 것과 하고 싶은 것이
자꾸 바뀌는 것은 어른이 됐다는
증거일지도 몰라요.

그렇군요….
되고 싶은 것이
한 가지만 있을 리는
없겠네요.

그럼요! 세상에는
셀 수 없이 많은
일이 있으니까요.

하고 싶은 일을 찾지 못했다면,
또 다른 '하고 싶은 일'을
찾아보면 돼요.

당신이 '하고 싶다'고 생각한 일은
분명 당신에게 잘 어울렸을 테고,
그런 일은 하나만 있지 않을 거예요.

별별 직업 상담소		
# 특이한 직업	번호 :	015

직업명 :

얼음집 판매

원하는 장소에
원하는 숫자만큼
눈 깜짝할 사이에 얼음집을
만들어 드려요.

직원 :

서비스로 3단까지
쌓아 드렸습니다!

특이한 직업

별별 직업 상담소

번호 : 016

직업명 :

꽃놀이 회전목마

활짝 핀 벚꽃 아래에서
무제한으로 돌기, 무제한으로 마시기.
음료도 벚꽃도 빙글빙글 도는
봄의 향연을 추억으로 남겨요.

직원 :

속이 울렁거리는
손님은

이쪽에서 거꾸로
돌려 드리겠습니다!

별별 직업 상담소

특이한 직업

번호: 017

직업명 :

건조 가게

계속 내리는 비로
마르지 않는 빨래와
눅눅한 기분을
한 번에 바삭
말려 드려요.

직원 :

아~.
죄송합니다!

반려동물 건조는
하지 않는답니다~.

별별 직업 상담소

특이한 직업

번호 : 018

직업명 :

머리를 식히는 가게

여름 더위뿐만 아니라 인간관계,
혹은 꽉 막힌 기획 등으로
달아오른 머리를
시원하게 식혀 주어요.

직원 :

머리를 식힌 뒤에
맛있게 드세요.

별별 직업 상담소

특이한 직업

번호 : 019

직업명 :

냉동 가게

냉동 귤, 냉동 물수건,
냉동 샌들 등,
모든 것을 얼려서
판매하고 있어요.

직원 :

영업 사원에게
인기가 많답니다!
냉동 넥타이!

별별 직업 상담소		
특이한 직업	번호:	020

직업명 :

움직이는 안전 요원

움직이는 구조대를 타고 다니며 다양한 상황에서 발생할 수 있는 '여름철 사고'를 사전에 방지하는 전문가 집단.

직원 :

거기!
오글거리는 작업은
그만두세요.

별별 직업 상담소

특이한 직업

번호: 021

직업명 :

문고판 낚시

금붕어 낚시 대신 문고판 낚시하기.
'만화책 낚시'도 인기가 있지만,
전권을 모으기가 어려워요.

직원 :

그만 갈래!

조금만 더 하면
하권도 건질 수 있는데!

별별 직업 상담소		
# 특이한 직업	번호 :	022

직업명 :

독서 감상문 대필 가게

8월 말이 되면 어디서인지 모르게 나타나, 마을 변두리에서 스리슬쩍 영업을 시작해요.

직원 :

어?
전문 서평가이시죠?

이번 달엔 너무 바빠서….

적성에 맞는 일? 즐거운 일?

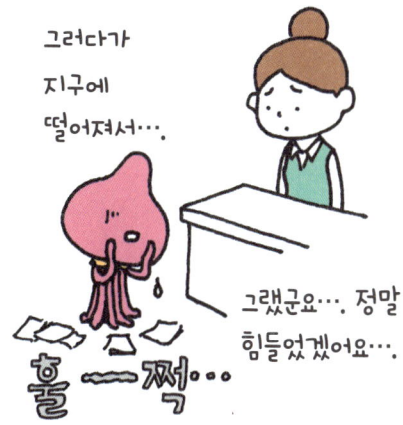

하지만 괜찮아요!

꼬옥

지구에서 새로운 일을 찾아봅시다!

세상에는 여러 가지 일이 있지만 어떤 일이든, 많든 적든 사람들끼리 협력해야 할 필요가 있어요.

즐겁게 일할 수 있느냐 없느냐는 결국 '함께 일하는 사람이 어떤 사람이냐'에 달려 있기도 해요.

아무리 힘든 일이라도, 얘기가 잘 통하는 사람이 있으면 함께 힘을 낼 수 있고,

아무리 하고 싶었던 일이라도 '도저히 나와 맞지 않는 사람'이 있으면 오래 하기 힘들지요.

이 점만큼은 '사람과 사람 사이의 문제'여서 어쩔 수 없어요.

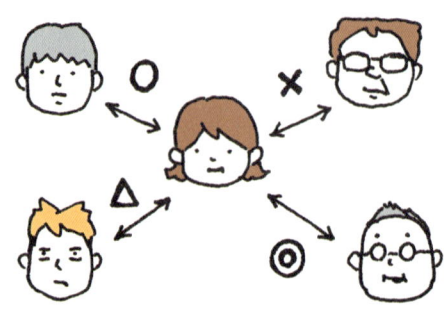

각자 자기 방식대로 하고 있을 뿐, 누구도 잘못한 건 없지만 그 누구도 행복하지 않은 경우가 있어요. 유감스럽게도 그런 순간들이 생기곤 하지요.

일에서뿐만 아니라, 도저히 잘 지낼 수 없는 사람과는 거리를 두는 것이 좋아요. 설령 그 사람이 가족이라 해도요.

그러니 좋은 동료가 있는 좋은 일을 찾아 여기저기 돌아다녀도 괜찮아요.

왜냐하면 '내 일'은 '내'가 결정하는 것이니까요.

세상에는 성향이 맞지 않는 사람도 있고, '나쁜 사람'도 있겠지만, 당신이 존경할 수 있는 사람이나 대화가 잘 통하는 사람도 분명 어딘가에 있을 거예요.

또 만약 당신이 어떤 일로 곤란해진다 해도 그 '곤란함'을 해결해 줄 직업을 가진 사람 역시 어딘가에 있을 테지요.

원래 직업이란 '누군가에게 힘이 되고 누군가를 돕는 일'이어서,

새로운 '곤란함'이 생기면, 그 '곤란함'을 해결하는 직업을 누군가가 바로 만들어 내요.

그러니까 중요한 건 내게 필요한 것과 내가 모르는 것을 찾는 방법을 알아 두는 거예요.

'직업을 찾는 사람들에게 다양한 직업을 소개하는 일'도 있어요. 바로 지금 제가 하는 일이에요.

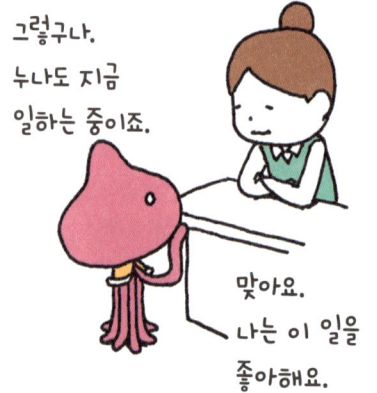

그렇구나. 누나도 지금 일하는 중이죠.

맞아요. 나는 이 일을 좋아해요.

실은 나도 옛날에 일 문제로 고민했는데, 그래서 그…

별별 직업 상담소		
특이한 직업	번호 :	023

직업명 :

도마뱀 버거 가게

자연 식재료에 집착하는
괴상한 포장마차.
핼러윈 시즌이 대목이에요.

직원 :

손님, 죄송합니다!
음식에 원숭이 털 넣는 걸
깜박했어요!

별별 직업 상담소

특이한 직업

번호 : 024

직업명 :

초상화 그려 주는 군고구마 가게

군고구마도 팔고
초상화도 그려 주는 가게.
세트로 주문하면 조금 깎아 드려요.

직원 :

...별로 닮지 않았어.

빤히...

그럼 고구마 한 개 서비스.

특이한 직업

별별 직업 상담소

번호: 025

직업명 :

조명 장식 가게

나무 한 그루부터 거리 전체까지,
손님이 원하는 대로
조명 장식을 설치해 드립니다.
작업 속도는 업계 최고예요.

025

직원 :

저희 회사 신상품,
'꼬마전구 슈트'입니다!

별별 직업 상담소		
# 특이한 직업	번호 :	026

직업명 :

선물 특급 배달부

여러 가지 사정으로
선물 배달이 늦어지거나
산타 할아버지가 직접
배달하지 못할 경우에 출동합니다.

직원 :

이거, 깨지기 쉬운
물건인데.

괜찮습니다!

현지 직원이
조심스레 배달하니까요.

별별 직업 상담소		
특이한 직업	번호:	027

직업명 :

스노글로브 체험

거대한 스노글로브 속에 들어가서
눈과 함께 떠다니는 체험.

직원 :

죄송합니다….
이 놀이 기구는 초등학생까지
탑승 가능합니다.

이런!

나도
하고 싶어요!

별별 직업 상담소		
특이한 직업	번호 :	028

직업명 :

새해 공중 투어

하늘에서 새해 첫 해돋이를 보고 소원을 빌러 줄을 선 사람들의 머리 위를 지나 제일 앞줄에 착륙합니다.

직원 :

혹시 멀미가 날 때는 이 '복주머니'를 사용해 주세요!

별별 직업 상담소		
## 특이한 직업	번호 :	**029**

직업명:

사자춤 체험

흥이 넘치는 사자춤 공연단과
초봄에 산과 들판을 달리는 투어.
스릴 만점.

직원:

평소보다
한 바퀴 더
돌았습니다!

예이—!

별별 직업 상담소		
특이한 직업	번호 :	030

직업명 :

신년 운세 뽑기

올해의 운세 뽑기!
보너스 상품이 귀여워서
해마다 인기가 많습니다.

직원 :

아빠,
머리에 맞았는데,
괜찮아요?

'물건이 떨어질 수 있으니
주의하세요.' 라네…

이제는 없어진 일, 아직 없는 일

일의 역할은 '그 시대에 누군가에게 힘이 되거나 돕는 것'이어서,

세상이 바뀌면, 일도 점점 바뀌어 가요.

어떤 일이든 그것을 필요로 하는 사람, 즉 '손님'이 없으면 유지될 수 없으니까요.

오래전부터 변함없는 일도 많지만,

예전에 비해 도구나 방식이 크게 달라진 일도 많아요.

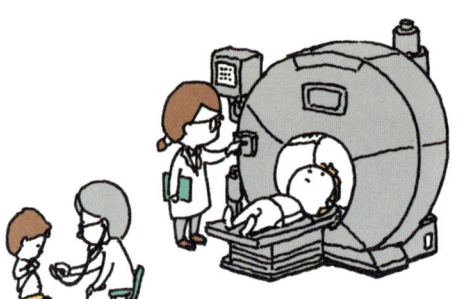

그러니 아직 세상에 없는 새로운 일을 만들어도 좋아요.

어떤 일이든 처음에는 누군가 혼자서 시작했을 테니까요.

지금 이 시대나 다가올 미래에 그 일로 기쁨을 느낄 사람이 있을까요? 그런 손님이 생긴다면 그 일이 곧 새로운 직업이 되겠지요.

어떤 일을 할 때든 "이런 일이 생기면 좋겠어."
"이렇게 하면 기쁠 것 같아." 등을 생각하며
다양한 방법을 연구해 보는 건
정말 중요해요.

그렇게 연구가 차곡차곡 쌓이면
그 일은 아주 멋진 직업이 될 거예요.
나도, 주변 사람들도 더 즐겁고 행복하게
지낼 수 있겠지요.

어떤 일이든 우선 그 일을 무리하지 않고
할 수 있는지가 가장 중요해요.

억지로 참으며 일을 하면
손님도 제대로 돕지 못하고,
결국 몸만 망치게 되거든요.
그러면 누구도 행복해질 수 없겠지요?

자신이 일을 통해 행복해진다면,

자신에게 소중한 사람들도
행복해질 수 있어요.

주위 사람들이 행복해진다면,
더 많은 사람에게 행복을
전할 수 있어요.

이게 유일한 '행복의 순서'여서,
자신을 희생하면서 다른 사람의
행복을 위해 일하다 보면
금세 지쳐 버릴 거예요.

소중한 사람을 위해서라도,
먼저 자신을 가장 소중히 여겨야 해요.

무리하는 거 아니야?

어른들도 종종 잊어버리지만,
그것이 일을 할 때 가장 중요한 점이지요.

자신에게 다정하지 않으면 다른
사람에게도 다정하게
대하지 못해요.

아, 뭔지 알 것 같아.

음… 새로운 일이라….
왠지 두근두근
설레네요.

그렇죠. 이 '특이한
직업'이 참고가 되면
좋겠네요.

별별 직업 상담소

특이한 직업

번호: 031

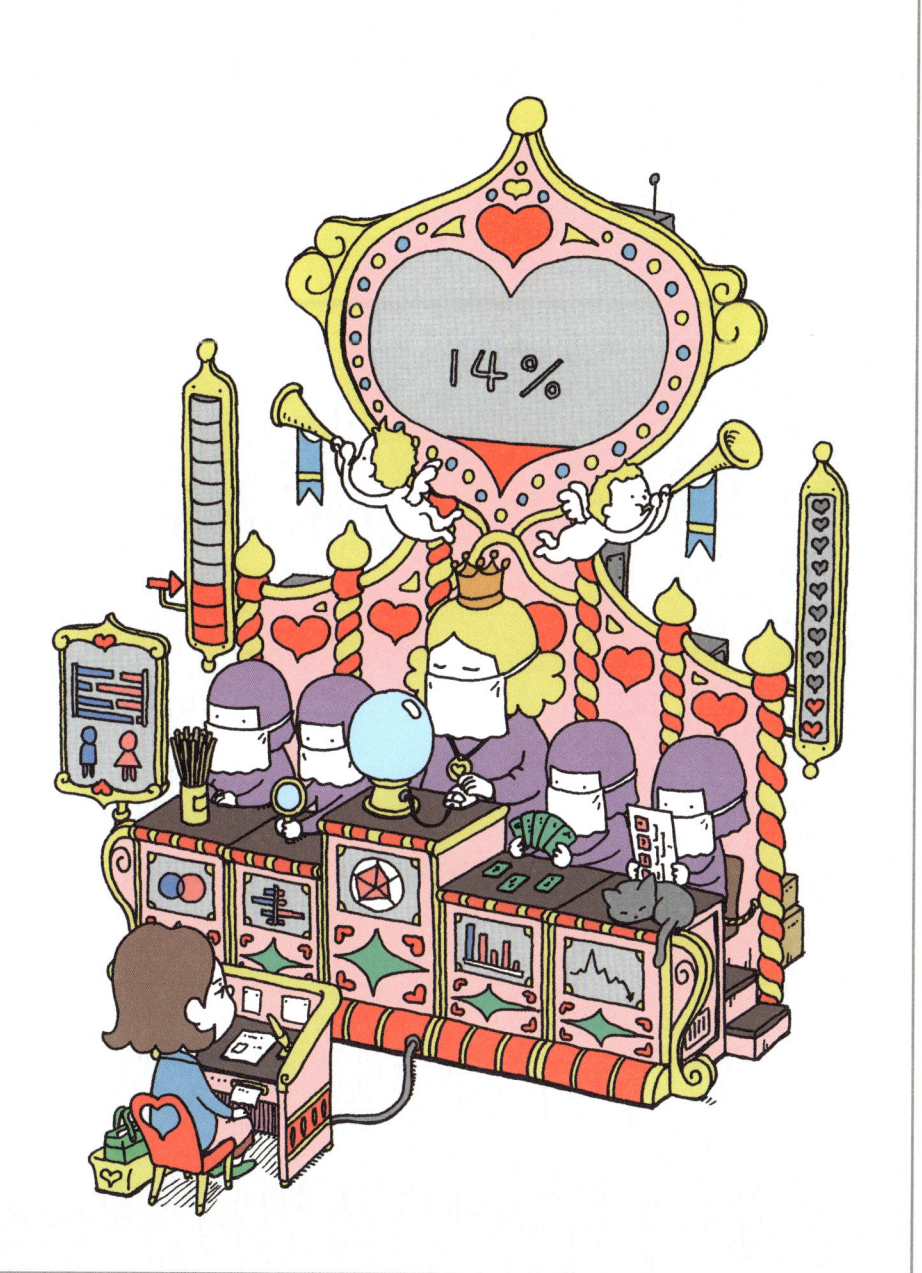

직업명 :

종합 연애 운세

꽃점부터 AI까지
동서고금 모든 방법을 동원해
연애와 관련된
점을 봐 드립니다.

직원 :

'긍정 코스'와
'솔직 코스'가 있어요.

어느 코스가 잘 맞는지도
점쳐 줄 수 있어요.

별별 직업 상담소

특이한 직업

번호: 032

직업명 :　　　　　　　　　　　　　　　　　　　032

시공간 이삿짐센터

다른 시대나 별로 이사할 때,
시간과 공간을 뛰어넘어
가장 짧은 경로로 온 가족과 살림살이를
안전하게 옮겨 드립니다.

직원 :

화성과 고대를 거쳐 은하수에서 오른쪽으로 꺾어,
프랑스 혁명 바로 앞을 지나,
피라미드 방향으로 이동하는 길로 안내합니다!

별별 직업 상담소

특이한 직업

번호 : 033

직업명 :

이파구이 포장마차

미로별에 떠다니는 생물인 이파를
뉴도별인에 맞게 으깨서 구운 것.
지구인 입맛에는 맞지 않아요.

직원 :

이거 타피별에서도 팔리려나.

음….

…아, 종교 때문에 어려울 것 같아.

별별 직업 상담소

특이한 직업

번호 : 034

직업명 :

스릴 넘치는 투어

곰, 악어, 사자, 상어, 고래.
온갖 맹수에게 계속 쫓기고
먹힐 뻔하는 스릴 만점 투어.

직원 :

출발하기 전에 '혹시 모를 상황이
닥치면 어느 쪽이 먼저 먹힐지'를
정해 주세요!

별별 직업 상담소

특이한 직업

번호 : 035

직업명 :

마법의 양탄자 배달부

어떤 장소든 어떤 물건이든
마법의 양탄자를 타고
모시러 갑니다.
재해가 생겼을 때
크게 활약합니다!

직원 :

지금 행사 중이어서
'평범한 양탄자'를
선물로 드립니다.

별별 직업 상담소		
## 특이한 직업	번호 :	036

직업명:

달리기 지원 서비스

사막에서도 설산에서도
한밤중에도 물속에서도,
지구 어떤 곳, 어떤 상황에서
쾌적하게 달리기를 즐길 수 있도록
도와드립니다.

직원:

"헉… 헉…
더는 못 뛰겠어….
데리러 와
주세요…."

아,
지금 직원이
외근 중이니,

힘내서
혼자 힘으로
돌아오세요!

특이한 직업

별별 직업 상담소

번호: 037

직업명 :

누군가의 인생 엿보기 가게

랜덤으로 뽑은
다른 사람의 인생을 5분 동안
엿볼 수 있어요.

직원 :

아무것도
보이지 않는데요?

아하. 거기 지금
밤이어서 말이죠~.

일이 없을 때도 있어요

생활비를 벌기 위해, 또 자신과 소중한 사람을 행복하게 만들기 위해 일을 하지만, 어떤 사람이든 밤낮없이 일만 할 수는 없어요.

일을 마치고 난 뒤에는 누군가의 손님이 되기도 해요.

그렇게 서로가 서로의 손님이 되고, 도와 가며 사람 사는 세상이 이어지는 것이지요.

일을 하지 않는 시간에는 식사도 하고, 쇼핑도 하고, 가족과 대화도 나누고, 여행도 가고, 잠도 자지요.

그렇게 일할 때와는 다른 '또 다른 나'로서 살아가요. 일을 하는 시간은 그 사람의 일부일 뿐이랍니다.

'가게 직원'이나 '회사 직원' 등 우리는 손님으로서 여러 사람과 소통하지만,

어떤 사람이든 집에 돌아가면 누군가의 엄마이고 아빠이며, 자식인 소중한 사람들이지요.

일하는 사람을 볼 때, "이 사람은 일을 하지 않을 때는 어떤 느낌일까,"

"무엇을 좋아하고 무엇을 소중히 여길까." 하고 떠올려 보는 것도 꽤 의미 있다고 생각해요.

'일로서 해야만 하는 것'과 '그 사람이 개인적으로 생각하는 것'은 다를 때도 있거든요.

그러니 일하다 실수를 했더라도 일이 끝난 후에는 더 이상 그 사실을 생각하지 않아도 되어요.

일과 그 밖의 것을 깔끔히 분리하긴 상당히 어렵지만,

'일에서 가장 중요한 것'과 '나에게 가장 소중한 것'이 반드시 일치할 수는 없어요.

어떤 사람이든 일과 그 밖의 것으로 이루어져 있지요.

즉 세상도 일과 일 외의 것으로 이루어져 있고, 둘 다 똑같이 소중해요.

자신의 일도, 그 밖의 것도,
다른 사람의 일도, 그 밖의 것도,
모두 소중히 대하기 위해,

각자 방법을 찾고 균형을 맞추며,
한 사람 한 사람이 살아가고 있어요.

그래서 '모두를 위해 필요한 돈을
모두가 함께 모아, 어디에 쓸지
결정하는 일'이라든지

'한 사람의 행복과 모두의 행복 사이의
균형을 고민하며 규칙이나 구조를 만들고
조정하는 일'도 있어요.

그렇군요….
어떤 일이든 누군가와,
혹은 무언가와
연결되어 있군요.

맞아요.

그러면 누나는
일이 끝난 뒤에
뭐가 돼요?

좋은 질문이네요.
아, 왔다. 오늘 자료는
이걸로 마지막이려나?

별별 직업 상담소	
특이한 직업	번호: 038

| 직업명 : | 038 |

영감을 파는 가게

특수한 장치를 사용하여 작가처럼
아이디어가 필요한 사람들에게
번뜩이는 영감을 주는 직업.
단골 작가도 많아요.
장치의 원리는 영업 비밀.

직원 :

저희 가게에서
'그' 문학상 작가도
나왔답니다! 나?

별별 직업 상담소		
# 특이한 직업	번호 :	**039**

직업명:

은폐해 주는 가게

의뢰인이 원하는 시간과
장소에 안개를 피워서
진실을 흐릿하게 덮는 일.
점장의 얼굴은 아무도 몰라요.

직원:

견적만큼은
흐릿한 부분이
없습니다!

특이한 직업

별별 직업 상담소

번호: 040

직업명 :

세계 정복 대행단

바빠서 세계를 정복할 시간이 없는 분들을 위해, 정복 과정의 다양한 절차와 실무를 대신 처리해 주는 일.

직원 :

꽂을 깃발의 디자인도 고를 수 있습니다.

별별 직업 상담소

특이한 직업

번호: 041

직업명 :

이야기 가게

041

1년 365일, 1일 1화.
매일 재미있는 이야기를 들려 드립니다.

직원 :

별별 직업 상담소		
특이한 직업	번호 :	042

직업명 :

긴 책장 서점

책장을 기다랗게 끌고
당신의 동네로 갑니다.

직원 :

모레는 특별 운행!
밤 11시쯤, '어른의 책'을
엄선해서 찾아갈 예정입니다!

별별 직업 상담소		
특이한 직업	번호:	043

직업명:

미해결 사건 소개소

탐정 고객의 능력을 살펴보고
그에 맞는 미해결 난제 사건을
소개하는 수수께끼 정보원.
쌍둥이 할머니가 운영하고 있어요.

직원:

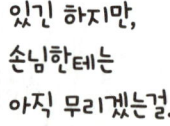
'혼자 사는 부인과 관련된
암호 사건' 같은 걸
원합니다만….

있긴 하지만,
손님한테는
아직 무리겠는걸.

별별 직업 상담소

특이한 직업

번호 : 044

직업명 :

힌트 가게

미래, 꿈, 그리고 행복에 관한 힌트를 한 사람 한 사람에게 알려 준답니다. 어떤 힌트인지는 가르쳐 주지 않아요.

직원 :

20년 전에 힌트를 받은 사람입니다.

겨우 답을 알게 되어 보고하러 왔습니다.

자, 이제 어떻게 할까요

음…
특이한 일이란 어딘가
이상한 일이기도
하네요.

어머,
이상한 일이라니
그런 건 없는데요?

세상의 모든 일은 필요로 하는
사람이 있기에 존재해요.
그러니까 어떤 일이든 똑같이 중요하고,
똑같이 멋있답니다?

이야기를 쓰거나 음악을 연주하는 사람은
아프면 의사의 도움을 받아요.

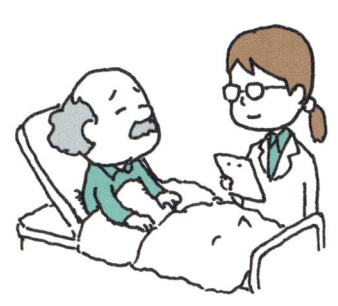

사람의 생명을 구하는 일을 하는 사람은
지치거나 힘들 때 이야기와 음악에서
위안을 얻지요.

재해가 일어났을 때, 음식을 제공하거나
쉴 곳을 준비해 주는 일도
매우 중요하지만,

슬픔에 빠진 사람들에게 용기를
북돋아 주거나 즐겁게 해 주는 일도
똑같이 중요하답니다.

그렇군요!
어떤 일이든
멋진 거네요!

맞아요. 그리고 일을 하는 방법도 여러 가지 있어요.

오랫동안 같은 일만 해서 그 일밖에 할 줄 모르지만, '그 일이라면 누구에게도 지지 않아.' 하는 사람도 있고,

여러 일을 하며 다양한 세상을 경험하는 사람도 있어요. 어느 쪽이 더 멋있을까요?

자기가 어떤 유형인지 처음에는 잘 몰라요. 하지만 어떤 일을 하든 내가 '어떤 사람인지' 알아 가게 되지요.

잘 부탁합니다!

일을 하다 보면 '나는 어떤 사람인지', '세상은 어떤 곳인지', '내게 소중한 것은 무엇인지'를 조금씩 알게 돼요.

그래서 일이란 정말 중요하기도 하고, 재미있기도 한 거예요.

좋은 아침입니다!
좋은 아침.

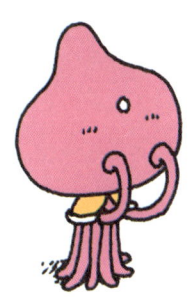

— 2년 후 —

끝

별별 직업 상담소

1판 1쇄 발행 | 2025. 3. 25. 1판 3쇄 발행 | 2025. 10. 27.

요시타케 신스케 글·그림 | 권남희 옮김

발행처 김영사 | **발행인** 박강휘
편집 김유영 | 디자인 김민혜 | 마케팅 곽희은 김나현 | 홍보 조은우
등록번호 제 406-2003-036호 | 등록일자 1979. 5. 17. | 주소 경기도 파주시 문발로 197(우10881)
전화 마케팅부 031-955-3100 | 편집부 031-955-3113~20 | 팩스 031-955-3111

OSHIGOTO SOUDAN CENTER by Shinsuke Yoshitake
Copyright © Shinsuke Yoshitake 2024
All rights reserved.
First published in Japan in 2024 by SHUEISHA Inc., Tokyo.

This Korean edition published by arrangement with Shueisha Inc., Tokyo
in care of Tuttle-Mori Agency, Inc., Tokyo, through Danny Hong Agency, Seoul.

이 책의 한국어판 저작권은 대니홍 에이전시를 통한 저작권사와의 독점 계약으로 ㈜김영사에 있습니다.
저작권법에 의해 한국 내에서 보호를 받는 저작물이므로 무단전재와 복제를 금합니다.

값은 표지에 있습니다. ISBN 979-11-7332-092-7 77830

좋은 독자가 좋은 책을 만듭니다. 김영사는 독자 여러분의 의견에 항상 귀 기울이고 있습니다.
전자우편 book@gimmyoung.com | 홈페이지 www.gimmyoung.com

|어린이제품 안전특별법에 의한 표시사항| 제품명 도서 제조년월일 2025년 10월 25일
제조사명 김영사 주소 10881 경기도 파주시 문발로 197 전화번호 031-955-3100 제조국명 대한민국
사용 연령 10세 이상 ⚠주의 책 모서리에 찍히거나 책장에 베이지 않게 조심하세요.